田野诗班

田野诗班　著
李柏霖　编

湖南人民出版社·长沙

图书在版编目（CIP）数据

田野诗班 / 田野诗班著；李柏霖编. —长沙：湖南人民出版社，2024.2（2024.4）
ISBN 978-7-5561-3464-9

Ⅰ．①田… Ⅱ．①田… ②李… Ⅲ．①诗集—中国—当代 Ⅳ．①I227

中国国家版本馆CIP数据核字（2024）第014750号

田野诗班
TIANYE SHI BAN

指导单位：中共怀化市委宣传部
　　　　　中共会同县委宣传部
著　　者：田野诗班
编　　者：李柏霖
出版统筹：陈　实
监　　制：傅钦伟
产品经理：邓煦婷　张　卉
责任编辑：陈　实　田　野　邓煦婷
责任校对：蔡娟娟
插　　画：暖熊艺术
装帧设计：陶迎紫

出版发行：湖南人民出版社［http://www.hnppp.com］
地　　址：长沙市营盘东路3号　　邮　编：410005　　电　话：0731-82683313

印　　刷：长沙鸿发印务实业有限公司
版　　次：2024年2月第1版　　　　　　　印　　次：2024年4月第2次印刷
开　　本：710 mm×1000 mm　1/16　　　印　　张：12.25
字　　数：54千字
书　　号：ISBN 978-7-5561-3464-9
定　　价：59.80元

营销电话：0731-82221529（如发现印装质量问题请与出版社调换）

我们的田野诗班

不知不觉，走上讲台七年了，跟乡村孩子们的故事也七年了，我们的诗也写了七年了。七年的时间，一滴水会长成一片云，长成一场雨，长成一次风雪，长成一处森林……当意识到这些已经发生的，都在不停地离我远去时，我只好抓紧手里的笔，试图用文字的笔画再拉扯住那些回忆片段。

我常说带孩子写诗，是因为偶然的一个发现。

那是二年级的练习题："照样子写句子：葡萄像一串串紫色的珍珠。"多年"训练有素"的我一眼就看出句子中的比喻修辞。但在班级座位间穿行的时候，我发现了这样一个句子："棉花吐出了丰收。"从修辞判断，一个问比喻，一个答拟人。但从句子看，活过来的棉花确实更加鲜活。秋天第一个醒来的它，肚子圆鼓鼓，一张嘴，吐出了金灿灿的稻谷、红彤彤的枫叶、各色的瓜果……我无法忽视这个句子的精彩。

从这句话，我隐约读到了孩子们的潜力，我觉得我可以带孩子们写作。而简短又适合低年级孩子们的，就是童诗。

就这样，我们同诗歌结缘了。

"不完美"的孩子们

刚成为一名老师的时候，我的计划满满当当，从来不舍得浪费一分钟，希望每一分钟都得到最大限度的利用——如果时间是玫瑰，那就希望玫瑰的每一片叶甚至每一根刺都要开花。我带着孩子们读课文练普通话，练站姿练仪态，运用名师分享的学习方法，开展名班主任分享的班级活动……用我理想中的高标准要求和影响着这群乡村的孩子们。

但一个学期下来，教育效果却与我的预期相距甚远。孩子们上课依旧没法坐直，有的孩子一不提醒就像一滩水，"化"在课桌上，真怕下一秒就滴滴答答流下去；练习普通话费了很大的功夫，但大家的发音、断句总还有问题；知识点训练了一遍又一遍，测试结果依然不尽如人意……玫瑰没有开花，甚至叶子都没有舒展。

在学期的末尾，我让孩子们写一封信给自己的亲人。虽然强调过"字如其人，要工整书写，让别人从笔画里就读到你的美丽"，但始终有几个个性十足的孩子，喜欢让别人读到自己的神秘。正在无可奈何地感叹时，我看到一张皱巴巴的纸。在这张满是褶子的纸上，既没有写抬头、问候，也没有写落款日期。只有这样一行字：

"爸爸你可以不打我妈妈吗你再打我妈妈我不 yao 你 zhe 个爸爸了。"

标点找不到自己的位置，让这个句子显得那么滑稽。但读完这句话，我没法再计较这些，满脑子只有一个声音：原来她在经历这些！而我并不知道。我陷入了自责，眼前的这个孩子，她害怕、愤怒、不甘、无奈、担忧，而我满心满意的努力却忽略了这些。

从这次开始，我开始更多地注视我的孩子们。有一天，班上最暴躁的"气包"在我面前告诉我:"李老师,我告诉你个事情哦,昨天我爸爸去世了……"他用着再自然不过的语气,像分享一件再平常不过的事情……而我除了紧紧握着他的手,再也不知道该怎么做。

原来,我的"不完美"的孩子们都有自己鲜活的日子,有自己的快乐、悠闲、难过、脆弱……认识到了这些,我们和诗歌的故事才真正开始。

一起感受美好

童诗天生是属于孩子的。孩子们认为万物有灵,就像我还不太会说囫囵话的女儿,听见鸟叫她也会学着叫来回应,他们会觉得花儿会说话,小草会舞蹈,溪水会歌唱,就连妈妈衣服口袋上印着的小熊也会要吃晚餐……这点正是对应诗歌特性的,"春色满园关不住,一枝红杏出墙来""一水护田将绿绕,两山排闼送青来""不敢高声语,恐惊天上人"……这些鲜活的想象和感受,是属于诗歌的。

孩子们写诗,与成人写诗不同。成人写诗总会想办法赋予诗歌一个主题,或者某种深刻的思想内涵。而孩子们可从来不会为他们的文字能有振聋发聩的效果而构思,也从来不在乎自己的文字能不能给读者留足思考的空间。想说话了,就说两句,心情不错,就唱两声,就是这么简单。

"蚊子说 / 我很受欢迎 / 我一飞出家门 / 大家就会为我鼓掌。"

"天上挂个月亮 / 我摘下来 / 尝了一口 / 觉得不好吃又放了回去。"

我尊重孩子们的构思,也尊重他们的文字。有的孩子刚开始写诗的时候,一窍不通。默写一首古诗,或者写一段胡言乱语,我都收到过。写诗并不是学会修辞然后把文字写成篇,我希望诗一样的文字从孩子的心底自然流淌出来，所以每次带新的孩子写诗，我总会花很多功夫。

我们阅读好的文章，我们朗读美的语句，我们去看湖泊山川田野花朵，我们观察身边的人和事，我们谈论观点，我们玩游戏，我们分享生活……然后我们慢慢把这些变成文字、化成诗歌。这些需要时间，有的孩子消化得快，有的孩子慢，哪怕他依旧不擅长写，这都没有关系，更重要的是这个生命在积极地生长。

田野里的诗

自然中生命的美好和浪漫总是抚慰人心，土地的孩子应该是同自然联系最紧密的，他们最早知道每个季节的到来，听见每一条河流的欢笑。他们在这里被哺育，同时，也一直被期待着走出大山。如何理解这种期待呢？其实大山是最宽容的，它只管哺育，未求回报。而个体在逃离乡土的过程中，如果像风筝断了线，那如浮萍般的流浪是否也会让人迷茫和沮丧呢？我不知道面前的孩子们未来将在何方，我希望他们如风筝，永远有线牵着。所以，如果有机会，我总是要带他们去田野里走走。

坪村的春天是被油菜花包围的。这些花儿好像全都商量好了，要一起开，就像夜间炸开的烟花要集合在一起一样，决心让人无法忽视它们。在春天里的某一天路过田野，你会惊讶，油菜花怎么在一夜之间就占领了所有的土地。这油菜花着实嚣张得紧，身旁竟然容不下一点杂色，摇摇花的紫色努力从田埂上探出身子，立马就会被吞没在了黄色的海洋里，而"绿"能在这田间安然栖息，大概也是颇费了一番功夫吧。这片黄色就抹在我去学校的路上，只要抬眼看，满眼都是。它们，就在土地里仰着头，骄傲地站着。

周五有诗社活动，到了这天，总有五六十只眼睛巴巴地望着我，那射向我的目光里，每次都有热烈的期盼。当然，作为一名老师，有什么比孩子们盼望着上我的课更让人兴奋呢？这天，我始终忘不了那灿烂的黄色，以至迫不及待把它分享给我的同学们，于是我做了一个大胆的决定：去田里上课！

听到这个消息，孩子们都蹦起来，他们蹦得那么高，仿佛下一秒就要变成鸟儿飞出去。"小鸟"们很快就排成了整齐的一行，我们一起"飞"往田野。一路上，"叽叽喳喳"的声音从未停过，天空中的小鸟在叫，地上的"小鸟"也在笑。

有调皮的孩子追上我，问："老师，你带我们逃课呀？"听到这个说法，我倒是有些蒙了，支支吾吾着："逃课……可不敢这么说……"孩子根本就不在意我的回答，问完就又嘻嘻哈哈跑得老远，留下我在为如何定义逃课而思索。

果不其然，当孩子们在田埂上近距离观察这一大片黄时，都挪不开眼。虽然他们上学放学总会途经各色田地，但在上课时间带他们来，就有了新鲜感。有的孩子俯下身子去闻油菜花，企图沾上些花味，好回班里炫耀；有的孩子选好花朵，摆好姿势，与花儿合影；有的孩子拿出笔，已经在写写画画，用他认为最好的方式来记录……

玩着玩着，胆大了，孩子们一边在田埂上奔跑，一边喊：老师带我们逃课啦！他们就这样跑着，把"逃课"的消息告诉给每一阵风，完全不顾老师们的惊讶。我反正也追不上这群"兔子"，也就索性让他们在这里撒会儿欢，用自己的方式去与自然对话，同时也祈祷他们这"逃课"的话，可别让家长听见。

成长的阵痛

其实上完那节课，我一直有些后悔。

为了带着五年级的孩子体会心情，我特地听了不少冥想的音乐来备课。随着音乐的节奏呼吸吐纳，跟着语句的引导走进自己想象的深处，回想开心快乐的时刻，忆起难过痛苦的瞬间，在引导自己抱住在记忆角落里哭泣的"自己"时，我不禁感叹大脑的神奇。我期待这节课的来临。

课上，一切如意料中进行着。孩子们闭上眼睛，伴着音乐和我的讲述，进入了自己的记忆和情绪，微微闪动的睫毛，说明他们的思绪在飞跑。"下面，我们来感受一下自己的孤独和难过。偌大的世界里，却没有一个人可以陪伴你，什么时候的你会有这样的感受呢？是与朋友争吵之后，还是……"

孩子们在音乐、想象和记忆编织的世界里，自由地调动回忆着自己的各种情绪和经历。突然，我注意到这样一个孩子，他身体壮实像一头小牛，脸蛋黝黑且有些粗糙。还记得曾在某个夏天，我见过他肩上的衣服豁开的大口子，口子还藕断丝连般连着几根孱弱的衣线，我那时啥也没想，纯粹好玩地伸出手，像弹琴一样来回拨弄了那几根衣线。他却像被烫着了，身子一弹，马上把长袖校服加在了身上，那天再也没脱下过。酷热的夏天，长袖的校服，也烫着了我。我怎么会如此唐突？真是该打！我恨不得把自己多事的手给绑起来。而在这节课里，合着眼睛的他，啜泣着，两行泪从眼角缝渗出来。

大概他想到了很多难过的事。我像做错了事情的孩子，不知怎么做，就摸着他的头："怎么了？想到难过的事情了吗？"他睁开被眼泪模糊的眼睛，哭腔里都是无助："我很久都见不到爸爸，好想他……"我只能用苍白无力的语言安慰他，心乱如麻地为他擦掉眼泪。

后来，这节课结束了。孩子抹掉眼泪，下课又继续嘻嘻哈哈了。而我的手上，收集着孩子们的"情绪"，酸甜苦辣都有，我照看着它们，五味杂陈。

"爸爸离开后，陪我玩的人，就更少了……"

长大了，也要记得写诗

什么是诗？谁知道？

玫瑰不是诗，玫瑰的香气才是诗；

天空不是诗，天光才是诗；

苍蝇不是诗，苍蝇身上的亮闪才是诗；

海不是诗，海的喘息才是诗；

我不是诗，那使得我看见听到感知某些散文

无法表达的意味的语言才是诗。

但是什么是诗？谁知道？

——依列娜·法吉恩《什么是诗》

这种富有审美情趣引发人强烈感情的篇章，需要写作者对生活对世界有强烈的感受力，感受肉眼所不能见，感受双耳所不能听。而孩子拥有着这样的感受力、热情和好奇，他们和诗歌的特点是契合的，是生活溢满诗歌的年纪。

我带他们接触诗歌，要呵护他们对文字、对自然、对身边人和事的这份热爱。哪怕是"一幢树叶"，也别急着否定，弯下腰，听一听，孩子会说："你不知道吧，蚂蚁就把树叶看成一幢房子呢！"慢慢地，孩子们越来越喜欢写，还有的孩子说，既然诗歌都能写，还想试试别的。变得积极的他们，让人看见种子的力量。

写作过程中，我并不会限制孩子们的创作体裁，写诗歌很好，写文章也很好，写故事同样好；我也不会限制孩子们发展自己的兴趣，鼓励他们发现自己的特点：爱阅读写作好，数学思维敏捷好，绘画栩栩如生好，歌声娓娓动听好，喜欢组织集体活动好，能说会道好，会安静倾听好，会体谅他人好，能勇敢无畏也好……

后来，我们的课堂也越来越自由。从教室里走到教室外，从教室外走到学校外，孩子们在操场、在田野寻找素材；从限制主题，到围绕主题词进行的联想，到老师同伴写词、打乱抽签定题，再到不限主题；从一人创作，到集体创作；从老师评阅，到伙伴互相点评；从课堂上写，到课间写，到家里写，到路边写；从阅读与写作融合，到跟音乐、美术、游戏融合……孩子们的生活开始更多与文字相关，记录开始更加自由，交流开始更加大胆。

我们在空白的风筝上用诗歌记录自己的梦想——"就这样长啊长，长成抓紧千万尘土的大树，长成驰骋万里的骏马"（龙春名）；我们在一片树叶上用诗歌留下一场秋天——"一棵棵大树像一个个有本领的人，我也想长成一棵树，高高的，高高的"（张智轩）；我们在灯笼上写新春——"人们都生起炉火，为了让新年在赶来的路上，不再寒冷"（张馨怡）……

小斌走进树林，总有好玩的发现——"走进森林，树木总会掉下来一些树枝,有的像枪,有的像剑,你可以选择做一个剑客,还是一名神枪手……"

瑶瑶想着自己丢了一只的袜子,编了一出《袜子历险记》,谁能想到袜子城的国王是一只矮矮胖胖的袜子呢?曾经敏感、懵懂、哭泣的孩子,用文字给自己架起了彩虹。

孩子们都在马不停蹄地奔向自己的未来。翻开这些诗,不免会想:孩子们长大后,会不会一直用诗歌陪伴自己?想要当兵的孩子,是否仍在为梦想而努力,是否还记得自己说过要把诗写在边疆的土地上?想成为宇航员的孩子,是否还记得要把诗歌带上宇宙给外星人读?这本诗集里留存的都是他们的童年和梦想。

最后,就祝愿吧,祝愿孩子们不论身在何方,都能在阅读和写作中汲取精神营养,来和解与欣赏所有的悲欢离合、柴米油盐,安定且从容地走在这一生的道路上。

长大了,也要记得写诗!

孩子们的朋友:李柏霖

扫码收听"田野诗班"为你读诗
像孩子一样重新感受世界吧!

目 录

月亮在给花浇水
它的花园有许多
叫星星的花

夏天的绿
也没有比春天的差嘛

总有种子
会从中开出花来

在妈妈的梦里
全世界都是我

让他们以为
我施了个魔法
就瞬间长大了

月亮在给花浇水
它的花园有许多
叫星星的花

吴昱璇（11岁）绘

黄 昏

龙悦 11岁

傍晚
我伸了伸懒腰
趴在奶奶背上
黄昏学着我的样子
也伸了伸懒腰
趴在了山上

吴若溪（9岁）绘

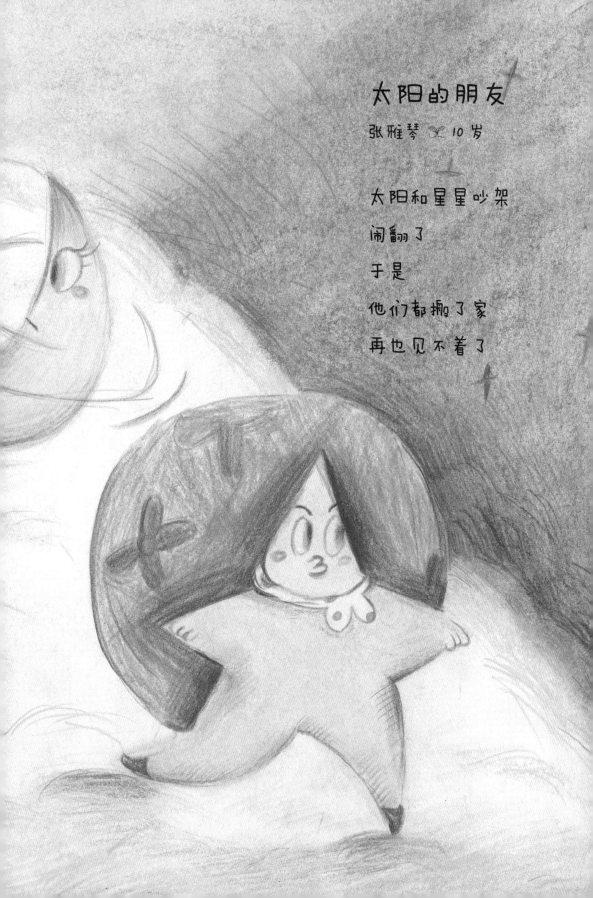

太阳的朋友

张雅琴 ✕ 10岁

太阳和星星吵架

闹翻了

于是

他们都搬了家

再也见不着了

下 班

龙春如  12岁

太阳下班了
把照亮世界的任务
交给了月亮

朱逸丞（9岁）绘

王俞童（10岁） 绘

挂在树梢的月亮

栗扬欣 12岁

月亮搬家了

从天空搬到了树上

天上有星星的陪伴

树上有小鸟和树叶

似乎它到哪都能找到朋友

李伟畅（11岁）绘

吃月亮

龙春如 🌱 10 岁

我想变成一个女巫
一口把圆月亮给吃掉
尝尝它是
杏仁馅 花生馅
五仁馅 枸杞馅
还是兔肉馅?
哦
在吃之前
我应该把嫦娥姐姐救出来
当我的娃娃

李依睿（7岁）绘

日 落

林俊宇 🌱 11岁

夕阳

被旁边那些

向它告别的小云

感动了

分别给它们

都穿上了红红的新衣

太 阳

粟莹 🌱 12 岁

太阳不小心
打碎了妈妈心爱的花瓶
怕妈妈责怪
它只好在天空中到处溜达
到了夜晚才取回家

丁丽雪（8岁）绘

站岗

张程斌 ✿ 11岁

早晨
公鸡轻快响亮地叫着
催促太阳公公
赶紧出来站岗

流 星

赵天语 🌱 9岁

月亮想等流星一起游戏

但流星只是路过

根本不和月亮讲一句话

李妍乐（10岁）绘

陈知琪（8岁）绘

月 牙

龙梦瑶 9 岁

天上挂个月亮

我摘下来

尝了一口

觉得不好吃又放了回去

曹钰琪（11岁）绘

月亮的花儿

龙梦瑶 🦋 10岁

白天
月亮在给花浇水
它的花园有许多
叫星星的花
白天不给你看
晚上给你看

星星花园 ←

夏天的绿

也没有比春天的差嘛

房 间

梁烙辉 10 岁

春姑娘用绿草做地板
用萤火虫做灯泡
把起伏的山峦制成壁画
最喜欢的
还是她家的彩虹电视
五颜六色

穌（9岁）绘

春天的怀抱

陶绍焜 ✿ 10 岁

我和小伙伴玩捉迷藏

我藏着藏着

藏到春天的怀抱

春天的怀里很温暖

五颜六色的花亲吻着我的脸颊

嫩绿的草挤着我

还有大树贴心地帮我遮阳

我在春的怀抱沉睡

小伙伴都找不到我了

春 天

龙春如  11岁

风把春天带来了
它穿过小溪
小溪哗啦啦唱着
它站在柳条
逗着刚冒头的嫩芽
真好
有风的地方
就有春天

何亦然（10岁）绘

龙尚灵（14岁）绘

听

唐梁琼 🌱 10 岁

燕子

唧唧唧

青蛙

呱呱呱

小河

哗啦啦

春天到处都是心动的声音

黄韦钧（7岁）绘

春

张轶晨 🌱 10 岁

阳光照在湖面
似一面明镜闪闪发亮
小鸟一口吞下了叮咚的泉水
田间耕耘的拖拉机应和着鸟叫
再伴着风儿沙沙的低唱
听吧
这是春天谱的曲子
你起早一些
就能听到

李依睿（7岁）绘

春天的旋律

李俊宇 🌱 10 岁

老师说
春天的旋律就像五线谱一样
do 是天空飞翔的燕子
re 是游在水中的鸭子
mi 是刚刚长出来的嫩芽
fa 是漂亮的粉色桃花
sol 是高高耸立的山
la 是圆圆的小石头
我知道啊
春天的一切都是歌

夏天的绿

唐心语 10岁

夏天的绿是慢慢长大的

花苞变成真正的花朵

小草也长高了成年了

夏天的绿

也没有比春天的差嘛

秋

刘盈盈 🦋 11 岁

稻子熟了

在田野里

翻起了金色的波浪

大家夸夸棉花

它就笑咧了嘴

吐出雪白的软软的云朵

龙周麟（8岁）绘

冬

张豪杰 🌱 12 岁

世界被白白的雪
抱在怀里
轻轻地摇啊摇

陈知琪（8岁）绘

傅昱啦（9岁）绘

偏 心

张轶杰 10岁

冬天只有一片雪白
秋天是落叶的黄
只有春天
所有的颜色都属于她

许通达（7岁）绘

字

唐梁琼 ✿ 10 岁

每片树叶
都是自然的一颗字
这些字挂在树上
是每个季节的语言
你们都认得吗?

总有种子
会从中开出花来

赵紫琳（10岁）

风

梁俪轩 🌱 12 岁

风是一个调皮的孩子

我坐在教室里

风就像理发师

随心所欲地摆弄我的头发

我走到森林里

他就是音乐家

整个森林为他伴奏

可是风一见到落叶

却想方设法将它吹回树上

可能

他也有回不去的故乡

丁稣（9岁）绘

乌 云

陶绍焜 🌱 10岁

乌云落下了银色的雨
大地上蹿出了五颜六色的花

风筝和小树

梁佳琪 🌱 10 岁

你飞远

飞远

飞到云上都可以

反正

线在我手里

你长高

长高

长到天上去都可以

根在我心里

鸟 叫

陶绍焜  10 岁

苹果惹来了小鸟
小鸟围满了
叽叽喳喳
叽叽喳喳
吵得我满耳朵都是苹果的甜

黄韦钧（7岁）绘

吴若溪（9岁） 绘

彩 虹

栗心怡 🌱 10岁

彩虹刚搭建好滑梯
云朵就着急爬上去
脚一滑就摔一跤
它一哭就下起了雨
正在晒太阳的小孩
就这样淋了一场雨

小 溪

粟盈琪  10岁

小溪的歌声

美丽又动听

一到晚上

它就唱着摇篮曲

哄世界睡觉

丁龢（9岁）绘

丁龢（9岁）

雪

梁俊辉 🌱 12 岁

雪花落得很厚
好像要把一切都埋掉
不过
总有种子
会从中开出花来

吴若溪（9岁）绘

树

张雅欣 🌱 10 岁

树
是一棵充满回忆的树
他与众不同
他很老
看过所有人的一生

打 架

栗荣  10岁

树叶在安静地睡觉
风想和它做游戏
一把把它推下了床
树叶生气了
追着风揍它

傅昱啦（9岁）绘

雪

张轶杰 🌱 10 岁

云朵在修剪自己的头发
碎发一点一点
落在人间
变成了一场大雪

吴若溪（9 岁） 绘

傅昱啦（9岁）绘

雪 地

张程斌 🌱 11岁

土地在冬天
被冻得浑身发硬
大雪见了
赶紧给它披上雪白雪白的衣裳

雷

龙逸宸 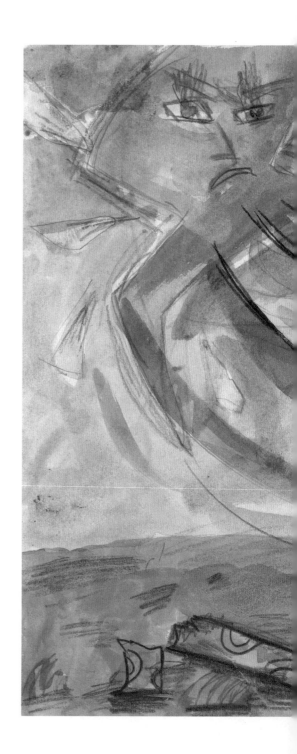 10岁

雷公公生气了
叫上电、雨、风
一起发泄愤怒
大树被劈倒了
小草被吹歪了
人们被吓得躲在屋里
太阳赶紧出来
劝阻了它们

刘昱泽（8岁）绘

黄炳杰（9岁）绘

树

张永康 🌱 9 岁

大树为了能听到人们的意见
让自己长得又高又直
生出了许多绿色的小耳朵

曹钰佳（10岁）绘

彩虹

张雅欣 🦋 10 岁

彩虹是大家一起涂成的
涂绿色的是小草
涂红色的是玫瑰
涂橙色的是橘子
涂黄色的是野菊花
涂紫色的是葡萄
涂青色的是柳条
大海见了
也赶忙加入了绘画
涂蓝色的是大海

王俞童（10岁） 绘

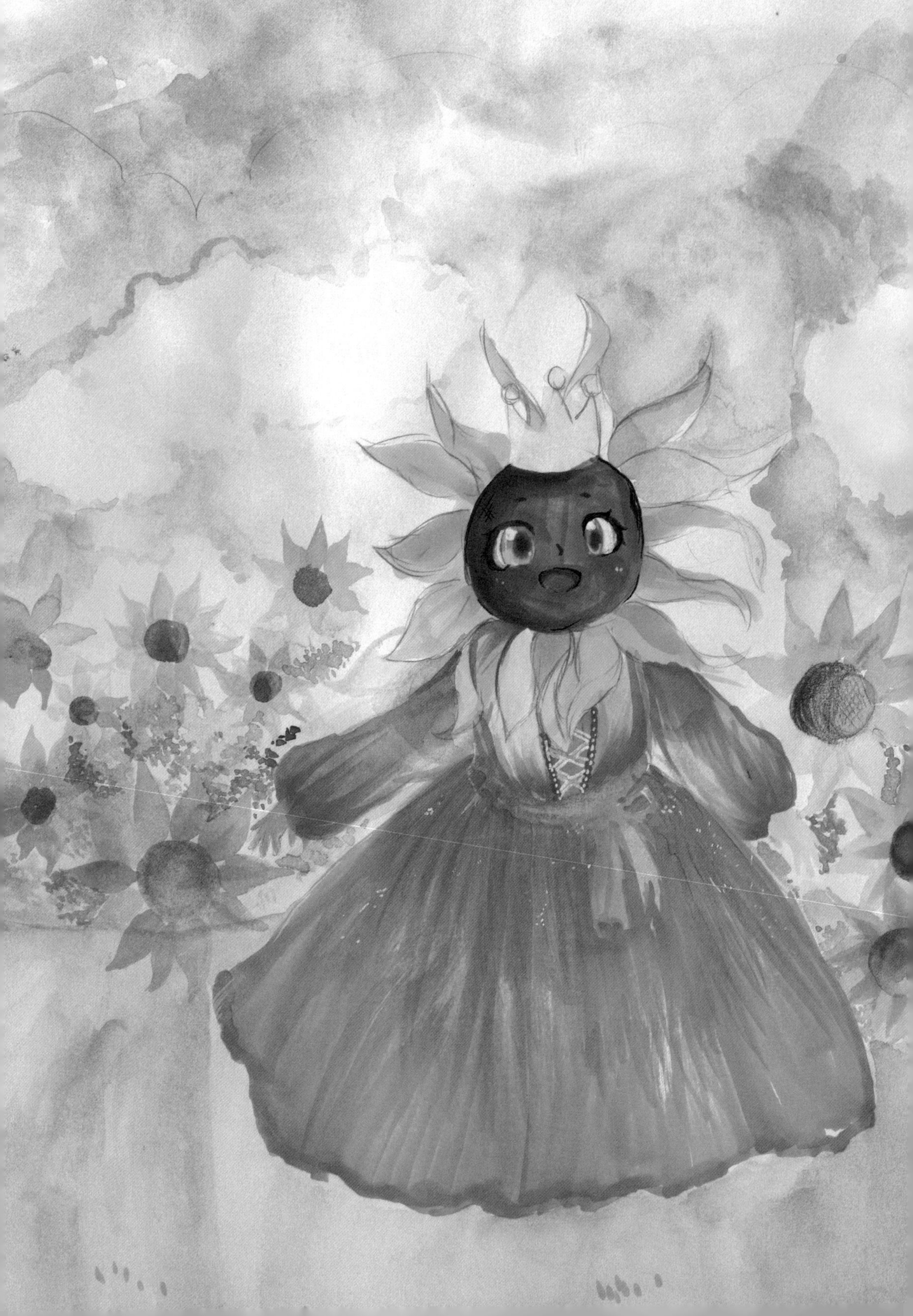

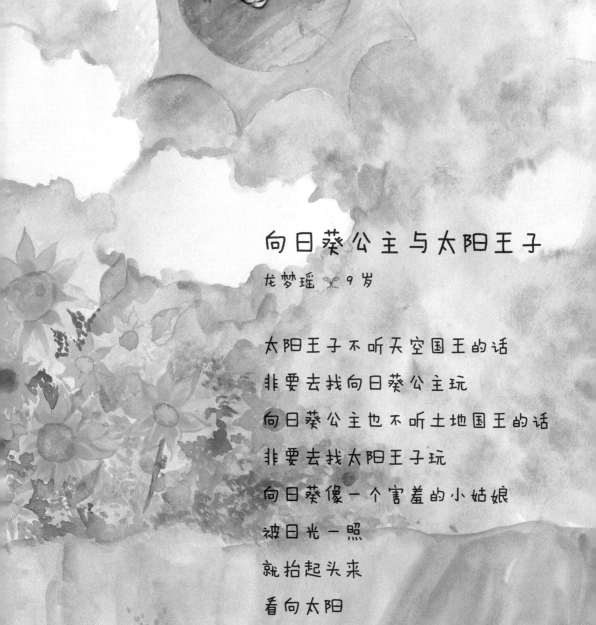

向日葵公主与太阳王子

龙梦瑶 9岁

太阳王子不听天空国王的话

非要去找向日葵公主玩

向日葵公主也不听土地国王的话

非要去找太阳王子玩

向日葵像一个害羞的小姑娘

被日光一照

就抬起头来

看向太阳

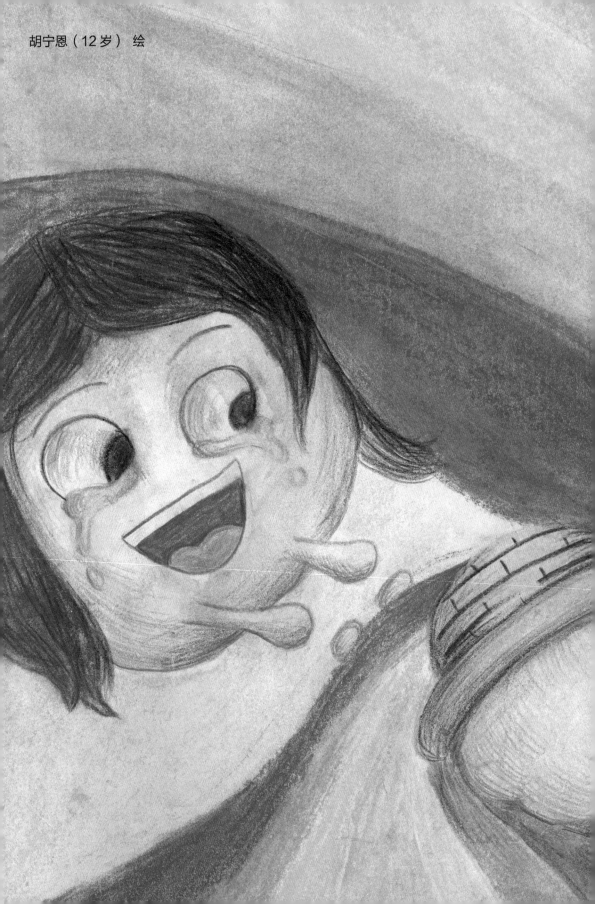

种花

蓝煜翔 12 岁

云是个调皮的园丁

偷偷把花儿带到天上

红色的、蓝色的、黄色的通通种在那儿

一下雨

它们就长成了彩虹

云朵把它

送给妈妈

春天的大树

梁俪轩 🌱 12 岁

春天的大树

养了一窝小鸟

把最牢固的枝丫送给它们

把刚长出来的嫩芽留给它们

把最清甜的果实分给它们

哪怕

小鸟会飞向高空

不再回家

丁龢（9岁）绘

草

曾莉云  12岁

我摘一根草
放进书里夹好
想不到春天竟哭了起来
说她丢了一根头发
让我内疚的是
我也还不回去了

王俞童（10岁）绘

李依睿（7岁） 绘

大 树

唐家慧 11岁

大树也有秘密
它有很多话跟你说
但它不能说话
所以只能摆摆枝条
期待你能听懂它

小 草

张菁菁 🌱 10 岁

蝴蝶、蜻蜓、蚂蚱
……
都会跟小草倾诉
自己的烦恼
但
小草有委屈
他们都没法听
因为
他们实在太忙了

李伟畅（11岁）绘

在妈妈的梦里

全世界都是我

家

张雅欣 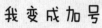 10 岁

我变成加号
一只手拉着爸爸
一只手拉着妈妈
这样
就有了我们的家

龙周麟（8岁）绘

有什么?

龙梦瑶 🌱 10 岁

爸爸怀里有什么?
是我最喜欢的苹果
爸爸怀里有什么?
是我想要的玩具
爸爸怀里还有什么?
是爸爸最喜欢的我呀!

梦

张菁菁 🌱 11岁

在我的梦里
遍地都是糖果
可在妈妈的梦里
全世界都是我

陈知琪（8岁）绘

李伟畅（11岁）绘

母 亲

唐家慧 11岁

母亲呀
风投入你的怀里
你不会欢喜
而我扑进你的怀里
你总会笑得合不拢嘴

李伟畅（11岁）绘

奶 奶

龙一阳 🦋 12岁

她是白发

我是黑发

她站在秋天的黄昏

我立在春天的早晨

她是盛放后的花

我是嫩绿的草

她是黑夜里的火光

我是清晨的亮

我们之间

隔着长长的年岁

就像银河

但她的爱

也会跨过银河

包裹我

龙尚灵（14岁）绘

偷偷长大

粟淇星 🌱 11岁

小鸡在偷偷长大

小狗在偷偷长大

花朵在偷偷长大

竹笋在偷偷长大

我在偷偷长大

但我却不想

奶奶再偷偷长大了

山的另一边

栗李钰 🌱 11岁

奶奶对我说

山的另一边

就是爸爸妈妈工作的地方

我经常爬上山顶

望着那边

李伟畅（11岁）绘

一只鸟

蒋妏炆 🌱 10岁

自从上幼儿园
我就很少见到爸爸
就像一只鸟
去找食物
很久都没有回来

李安晴（8岁）绘

中秋

向美 🌱 11岁

不是每年中秋

家家户户都能团聚

月儿有时

也会缺

龙尚灵（14岁）绘

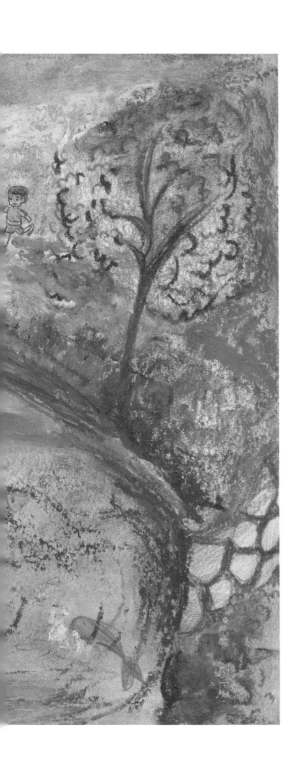

无 聊

林俊宇 🌱 11 岁

弟弟无聊时

有妈妈哄

我无聊时

我就看着天空里的云儿

看着鸟儿和鸟宝宝对话

看着河中的小鱼玩耍

只有我

看着他们

只有他们

看着我

李颜汐（8岁）绘

我的爸爸

张轶晨 🌱 10岁

小时候
总爱骑在爸爸背上
把他当马儿
我坐得很稳
安心前往未来

云

李香 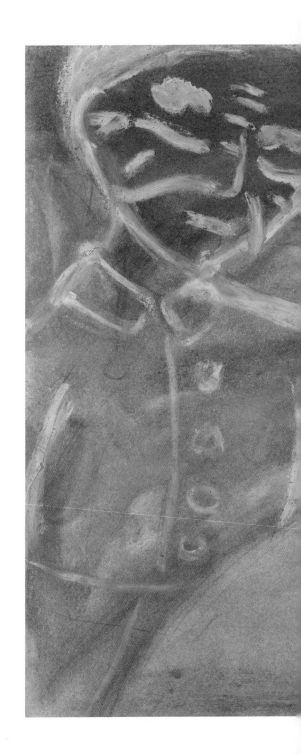 11岁

太奶奶说
云朵上面是天堂
太爷爷就在那里
看着我
我也会看看云
希望太爷爷知道
我一切都好

张馨引（12岁）绘

捉迷藏

刘盈盈 🌱 11 岁

小时候

和外婆一起玩捉迷藏

我总能找到她

现在

我想和外婆一起玩

但怎么也找不到她了

李伟畅（11岁）绘

怀化 快速→深圳

胡宁恩（12岁）

眼 泪

龙梦瑶 ✄ 9 岁

眼泪真的好奇怪

疼的时候能忍住

累的时候能忍住

只有爸爸妈妈要外出打工

坐在车上向我挥手的时候

眼泪

忍不住

万能的妈妈

唐家慧 ✿ 11岁

我的妈妈是万能的

我饿了，她就做饭

衣服脏了，她就会洗

上学我忘带的东西

她都会提醒我

我需要什么

她全都知道

可，这一切都是我的想象

我并没有万能的妈妈

我更希望

妈妈回来的时候

我变成了万能的孩子

能够为她做所有的事情

何亦然（10岁）绘

土 地

梁俪轩 12岁

土地是农民的命根子

奶奶就是这样照看她的土地

只要哪块一时空着

她就会想办法种上

奶奶的土地从来没有荒的

每一块都满满当当

这些绿苗和黄土

就像奶奶的亲孙子

渴了浇水

饿了施肥

奶奶就坐在树下

吃着果子

看着土地和庄稼

笑咧了嘴

那个夜晚

栗李钰 🌱 12岁

那个夜晚
满天星星
蟋蟀在草丛唱着歌
奶奶在窗前
借着月色织衣裳
一脸慈祥

那个夜晚
满是花香
我在院里的树下
跟小狗一起奔跑
多么快活

那个夜晚
昏沉昏沉
花骨朵在说着悄悄话
父母在月下
一夜未眠

李依睿（7岁） 绘

山里的妈妈

梁珉璋 🌱 11岁

小羊妈妈叫她的孩子吃饭
小狗妈妈喊她的孩子起床
松鼠妈妈陪她的孩子爬树
而我的妈妈
却再也见不到她的妈妈了

话 痨

梁心悦 🌱 12岁

我的爸爸像春天的蜜蜂
在我耳边嗡嗡嗡地唠
我的爸爸像夏天的鸣蝉
在我耳边吱吱吱地叨
我的爸爸是秋天的树叶
在我耳边沙沙沙地闹
四季都是他的唠叨
但我又害怕
听不见他的唠叨

下 雨

梁俪轩 12 岁

天空乌黑一片
雨点落个不停
真好
有父亲在的日子
每次都有伞回家

陈知琪（8岁）绘

黄炳杰（9岁）绘

爸 爸

刘盈盈 🌱 12岁

衣服上的补丁是他的标志

工地上的木头是他的饭碗

太阳晒黑了他的脸

云朵染白了他的发

他是一座生满树的大山

长着的都是给我的爱

父亲的爱

张榕 🦋 12 岁

父亲的爱
总是被他藏起来
我问父亲
您爱我吗？
父亲也不回答
就拉着我
向家的方向走

李伟畅（11岁）绘

让他们以为

我施了个魔法

就瞬间长大了

丁丽雪（8岁）绘

一棵树

杨唐发  10 岁

我是一棵树

只有叶子陪我

到了秋天

连叶子也陪不了我了

书包

李春莹 🦋 10岁

我的书包是个懒虫

每次都要我背着他上学

陈知琪（8岁）绘

吴若溪（9岁）绘

老 师

龙一阳  12岁

老师是一朵花

我就是小蜜蜂

老师是雨滴

而我就是小树

老师是河流

那我便是小鱼儿

花把香甜的蜜交给蜜蜂

雨滴教会小树如何成长

河流告诉鱼儿怎么奔跑

我的老师啊

可真的什么都知道

梦　想

龙春如　10岁

小树要和我交换梦想

看看谁的梦想好

小树说

我要让世界变美

我说

我想让人们过得更好

原来

我们的梦想都很伟大

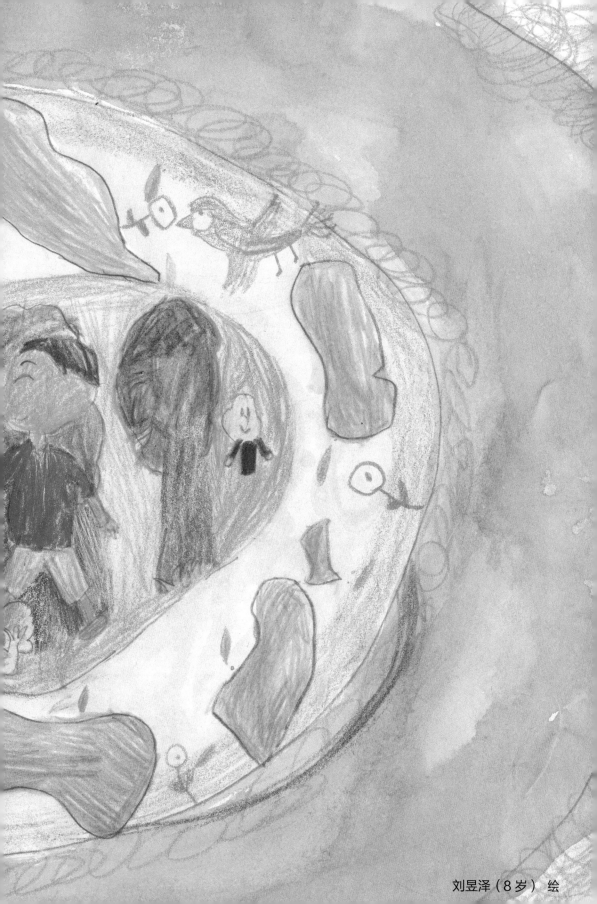

刘昱泽（8岁）绘

石一诺（8岁）绘

长 大

龙春如 🌱 12 岁

小时候

我一直以为

把表上的时间调快了

我就长大了

于是

我总喜欢让时钟走快些

这样我就长大了

但妹妹生病那天

妈妈注视着我握住妹妹的手

摸着我的头

直夸我长大了

当我把一盘并不好看的

西红柿炒鸡蛋

端给疲惫的爸爸

爸爸咧着嘴笑着

说我长大了

原来

长大并不是我度过了多少时间

而是我成了家人的依靠

长大

龙春名 12岁

爸爸妈妈总说

希望我快快长大

我也问他们

"你们还会长大吗？"

爸爸妈妈摸着我的头

"傻孩子，长大是小孩子的事

我们只会越来越老了"

这样的话

我就不想长大了

只想让爸爸妈妈别再老了

偷偷长大

栗盈淇 🌱 11岁

泥土怀抱里的种子
在慢慢长大
太阳抚摸着的花朵
在慢慢长大
而我
在爸爸不注意的时候
偷偷地长大了

龙琰（11岁）绘

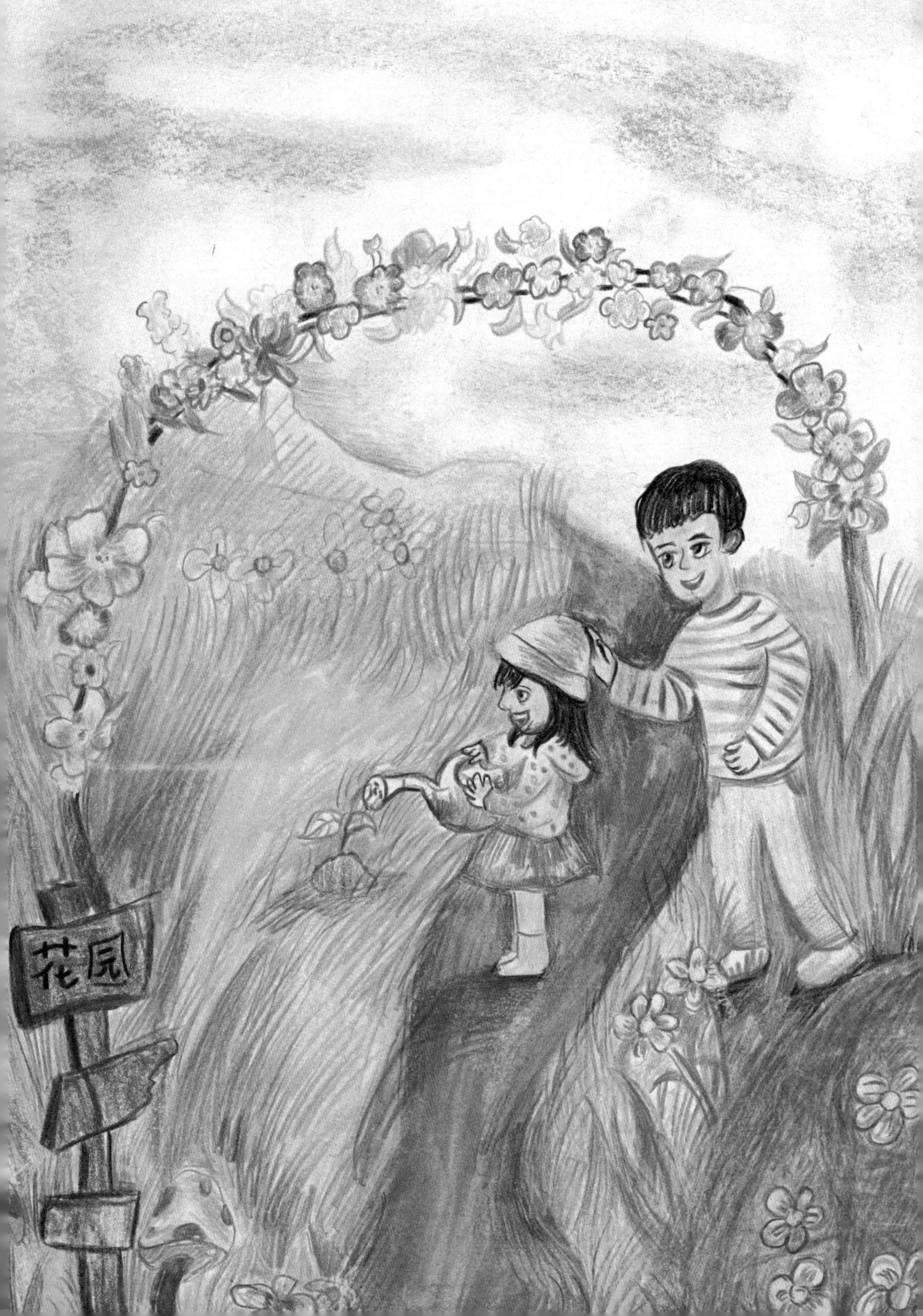

黄子煜（11岁）绘

长 大

张笠 🌱 11岁

我又长高了一些

我走过妈妈面前

妈妈没有发现

我走过爸爸面前

爸爸也没发现

他们都没有发现

我偷偷笑了

那就留给他们一个惊喜吧

让他们以为

我施了个魔法

就瞬间长大了

秘密

张玉琴 🦋 10 岁

蜗牛有一个秘密储藏室

蚂蚁把秘密告诉他

自己就轻松啦

一传十、十传百……

小动物们都来找蜗牛保存自己的秘密

他们都轻松了

但，谁也不知道

蜗牛背着他们的秘密

越爬越慢

王俞童（10岁）绘

龙周麟（8岁）绘

风筝

向津 🦋 10岁

每次放风筝
风筝都会拼命飞上天
去找白云说话
我用尽全力拽回来
它还恋恋不舍

李颜汐（8岁）绘

心 情

吴梓贤 12岁

开心是被老师夸奖

伤心是跟同学吵架

生气是被爷爷批评

兴奋是得了奖状

激动是跟妈妈去游乐园

心情不一样

代表那一天都不一样

秘密

张永康 🌱 11岁

不想让人知道

我今年十一岁了

还看小猪佩奇

清 明

梁心悦 🌱 11岁

小时候我很害怕墓地

可是长大后我才明白

墓地是我们每个人都会去的地方

再见

梁欣怡 🌱 11岁

月亮搬家了

星星跟他说

再见

太阳搬家了

云朵们跟她说

再见

我的朋友搬家了

我却一句话都说不出来

周俊牧（10岁）绘

龙琰（11岁）绘

任性的我

龙一阳 12 岁

每一个日出

每一场夕阳

都是有差别的

可我就是那么任性

我想让他们同时出现和消失

我想让大树变成树苗

想让植物变成种子

想让孩子们天天都有节日

丁龢（9岁）绘

秘密

龙梦瑶　9岁

我把秘密告诉花
花儿传遍了整个花园
我把秘密告诉风
风马上吹遍整个世界
我把秘密告诉了影子
它却没有告诉别人

吹 牛

龙春如  11 岁

蚊子说

我很受欢迎

我一飞出家门

大家就会为我鼓掌

散 步

张豪杰 🌱 12 岁

晚上我在田野上散步

和蜻蜓合唱

天上的云被我们的歌声打动了

也约着

陪我一起散步

龙尚灵（14岁）绘

大树下的童年

龙梦瑶  10 岁

大树下
我们经常把童年带到这儿玩
时间久了
童年就不肯回家了
我们也没办法
只好让他在这

李颜汐（8岁）绘

后记

对孩子而言，诗歌意味着什么呢？

瑶瑶说，诗歌是伙伴，不论看到什么，她都想用诗歌记录下来。因为有了这个伙伴，她爱上了很多——长在路边不停摇曳的小花、天边变幻莫测的云霞、口是心非的妈妈……还有许多在世界不同角落却都熠熠生辉的人和事。

小春说，诗歌是窗户。他总是容易心烦，发脾气就想把东西丢得到处都是，弄成一片狼藉才能变得安静。但后来，他选择用写一首诗的方式舒缓自己，打开这扇窗户，窗外的风景会抚慰他。

小钰说，诗歌是激励。想到要把更好的诗给别人看，他就会更加努力地提升自己。作诗的功夫在诗外，他阅读经典作品，参加语文综合实践活动，写诗、写故事，"在梦开始的地方，张开翅膀"……

孩子们对诗的认识各不相同，但他们都多了这样一个朋友，一个一直陪伴他们的朋友。"我是一棵树 / 只有叶子陪我 / 到了秋天 / 连叶子也陪不了我了。"这个孩子的孤独溢出纸面，但当他注意到同样孤独的一棵小树时，他们之间是否已经产生了温情的共鸣？是否在某种程度上也给彼此带来了一种陪伴?

"云朵在修剪自己的头发 / 碎发一点一点 / 落在人间 / 变成了一场大雪。"

"夏天的绿 / 也没有比春天的差嘛。"

以诗意的角度看待世界和生活,孩子们的敏感、害怕也得到了抚慰,他们开始变得温柔——"我在偷偷长大 / 但我却不想 / 奶奶再偷偷长大了""长大并不是我度过多少时间 / 而是我成了家人的依靠""家门口的邮筒饿了太久 / 所以我每天都喂他一封信"……渐渐地,胆小的孩子牵起了伙伴的手,敏感的孩子走进了人群,笑容变得越来越灿烂……

孩子天然是真、善、美的,或许时间会逐渐磨去心灵对美好的敏锐感知,但每一个长大的孩子,心底都珍藏着、向往着那些至纯的真诚、善良和美好。当已成年的我们读到乡村孩子笔下的诗篇,是否曾有一瞬间被触动?

或许是因为天真烂漫的想象——"世界被白白的雪 / 抱在怀里 / 轻轻地摇啊摇";

或许是因为童言无忌的幽默——"我的书包是个懒虫 / 每次都要我背着他上学";

或许是因为离别父母的难过——"疼的时候能忍住 / 累的时候能忍住 / 只有爸爸妈妈要外出打工 / 坐在车上向我挥手的时候 / 眼泪 / 忍不住";

又或许是因为我们感同身受的疼痛——"小羊妈妈叫她的孩子吃饭 / 小狗妈妈喊她的孩子起床 / 松鼠妈妈陪她的孩子爬树 / 而我的妈妈 / 却再也见不到她的妈妈了"。

……

某一天，我收到了一封陌生的来信，写信人说，他在报纸上读到了孩子们的诗歌和故事，其中的一首小诗，将冬天视作梅花的心上人，让他想起了他的童年。他也有同样的愿望——如果那时，爸爸妈妈也像冬天和梅花一样，不分开就好了。跨越时空，有过同样际遇的心灵，是可以彼此共鸣和安慰的。

　　长大的我们已经为生活、为梦想奔波了太久，偶尔怀念起孩童的纯真和朴实。孩子们的诗歌里保存着对生活的感受和热爱，那份纯粹与真挚，比精巧的结构和韵律，更为宝贵。

　　诗集终于跟大家见面了，这是孩子们在写诗上迈出的一小步，也是他们一次次努力的集合，作为见证这一切的老师，我热泪盈眶。回望这一路，有太多的人要感谢。感谢大家为呵护这点点星光付出的努力；感谢出版社编辑老师的用心；感谢素未谋面的小朋友们精彩的配图；感谢媒体朋友对乡村孩子的关注；感谢来自身边以及大山之外的所有鼓励和支持……这些从四面八方汇聚的温暖，包裹着我们，我想，回馈大家关心和厚爱的最好方式，是让这些撒落于泥土中的种子，开出更多的花。

　　读到这里的你，不妨也拿起笔，写写诗吧。

　　祝愿每一个人，都能成为自己生活中的诗人。